ILUSTRAÇÕES
Ricardo Teixeira de Salles

REVISÃO
Valter Braga

PROJETO GRÁFICO E DIAGRAMAÇÃO
Caroline Gischewski

EDITORES
Alencar Perdigão, Cláudia Masini, Luciana Tanure, Thásia de Medeiros

Catalogação na Publicação (CIP)

S168
Salles, Ricardo Teixeira de
Imaginações do olhar / Ricardo Teixeira de Salles ; ilustrações do autor. 1. ed. - Belo Horizonte : Quixote+Do Editoras Associadas, 2019.
102 p. : il. color.

ISBN 978-85-66256-60-4

1. Poesia brasileira. 2. Arte - Brasil. I. Título.

CDD: B869.1

Bibliotecária responsável: Fernanda Gomes de Souza CRB-6/2472

Quixote+Do Editoras Associadas
www.quixote-do.com.br
Rua Fernandes Tourinho, 274
Belo Horizonte, MG, Brasil
Tel: (31) 3227.3077

MISTO
Papel proveniente de fontes responsáveis
FSC
www.fsc.org
FSC® C092828

PRINTED WITH SOY INK®

IMAGINAÇÕES DO OLHAR

RICARDO TEIXEIRA DE SALLES

IMAGENS E PALAVRAS

IMAGENS

Tudo começa com uma observação para ser transformada numa expressão de forma e cor. O artista vive para tentar recriar a realidade e ultrapassá-la: dança das percepções visando encontrar e absorver o sal e o sol da vida. Para chegar, através do olhar da imaginação, às imagens. Momento de uma orgia de cores e de uma liturgia das formas, construindo um significado estético, dedicado a sensibilizar o próximo.

PALAVRAS

São os meios que possuímos para sermos nós mesmos. Se todas as palavras já foram pensadas e usadas, surge a necessidade do discernimento, que é, principalmente, o reflexo do que as palavras significam como resultado de nossas ações. Palavra é conquista da leitura, conquista da compreensão. Conquista do aprendizado que concebe e expressa o vernáculo de amor à vida. E conquista, acima de tudo, do juízo que estabelece a correlação entre consciência e palavra. Palavra de honra!

ARTIMANHAS DA COR E DO TRAÇO

ALÉCIO CUNHA

Da arte do movimento emanam várias significações: pulsar entre a suavidade e a tensão, membrana da dança, alma do baile, corpo de cismas. E é justamente esta intensidade o que mais chama atenção nas pinturas do Ricardo Teixeira de Salles, acrobata das cores, sempre procurando desvendar a alquimia da criação, o gostinho na boca do "quero mais", sede selvagem de sílabas pictóricas criando um alfabeto visual, ao mesmo tempo astuta engrenagem cósmica, gramática de invenção, matemática e litúrgica de somas e sonhos.

Ah, o desejo... a vontade vital e explícita de superar o desconhecido através da gestação de tintas e pincéis, o parto possível, borda do imensurável. Como as pinturas de Ricardo são desejosas de se revelar intensas aos olhos de espectadores! São estratagemas de sedução do olhar, saliências do sensível, a força fecunda da imagem veloz, fugaz pincelada, poesia, enfim. Embora transmutada nos rasgos da superfície, tela em transe, música...

O abstrair em Ricardo é o oposto do obstruir: suas criações estéticas abrem-se em permanente diálogo com o já feito e o já visto. Há ecos pretéritos de uma certa tendência geométrica, aliando o rigor e a intuição em perfeitos labirintos, laboratórios de luminescência.

Poeta de traço coeso e hábil, ele brinca, lúdico, com o impossível, articulando frágeis fronteiras. Distrai-se com o esconde-esconde de Malevich, com a cabra-cega de Kandinsky, com os espelhos espessos de Mondrian. Recicla o passado num presente precioso, testemunha tranquila de um futuro sem freios, frenético, arrebatador. Em equilíbrio e comunhão com o mundo.

(Este texto foi elaborado pelo querido e saudoso jornalista Alécio Cunha para uma exposição de pinturas do autor deste livro, realizada em 2001.)

I

O OLHAR

"O olhar é o ato fundador."
Jorge Coli

"O olhar conhece sentindo (desejando ou temendo) e sente conhecendo... O olhar condensa e projeta os estados da alma."
Alfredo Bosi

"O olhar é uma tentativa de conhecer."
Ferreira Gullar

PÁSSAROS PARA TRADUÇÕES DO OLHAR

O esquivo pássaro, no coração do céu, modula astúcias no espaço, modela encantamentos no tempo, criando sucessivos assombros em nosso intransitivo olhar. Os pássaros dançam com inimitável elegância a competência do impossível.

Os pássaros não disfarçam os voos como os homens dissimulam suas escabrosas intenções. Pois que o curso daqueles que nos céus transitam é feito do sábio apego a uma retidão sem disfarces. Com isso, os pássaros nunca choram e nem se arrependem do que fizeram ou deixaram de fazer.

O senso comum da epopeia dos pássaros é a cor, o canto e o enigma de suas asas, sempre nos surpreendendo. Entregues à anatomia dos ventos, os pássaros desempenham um original e vasto improviso dançante. Soltos na liturgia do voo solo, os pássaros parecem nomear nos ares a concórdia entre os seres, em contraposição à nossa doentia dedicação ao confronto e à violência.

Absorvo a esperteza de cada pássaro, seus arroubos de seda e seus afazeres de giro e lira da leveza, acionando a solidão da criatividade para superar incertezas e ser o intérprete das distâncias. O voo de cada pássaro é uma centelha de poesia para inscrever uma coreografia da natureza no olhar dos homens.

O OLHAR DE PEDRO ALMODÓVAR

Almodóvar sente. Mais do que todos. Mas o que sente ele? A alma espanhola de seus grandes artistas? Almodóvar lida com as oscilações existenciais dos homens. Pois a vida é uma gangorra. Gangorramos sempre procurando um objetivo, uma conquista, uma realização.

O olhar-sentir de Almodóvar é muito mais penetrante e abrangente do que o visor da câmera. O visor de Pedro é o visor da alma. Alma em harmonia com o espírito na hora de amar o próximo, pela feitura cinematográfica. O cineasta fala sobre a fantasia que preside e conduz o raciocínio da realização artística. Nele tudo é paixão! Diabólica paixão, própria do comportamento dos indivíduos envolvidos com o intenso e surpreendente espetáculo da vida.

Amamos os filmes de Almodóvar como ele ama seus personagens. Completamente. Loucamente. A vida é uma curva de luz, através da qual procuramos chegar a um ponto de entendimento com a outra pessoa. Este é o tema dos filmes de Almodóvar: a luz da vida. A mão do destino que, conforme Borges, não faz acordos, elaborando e revelando os desejos do homem. Tirando do tempo a figura da hora.

Tudo é fonte da emoção e poesia da percepção, propiciando criatividade e semeando delicadezas. Que ainda existem nos repertórios da condição humana.

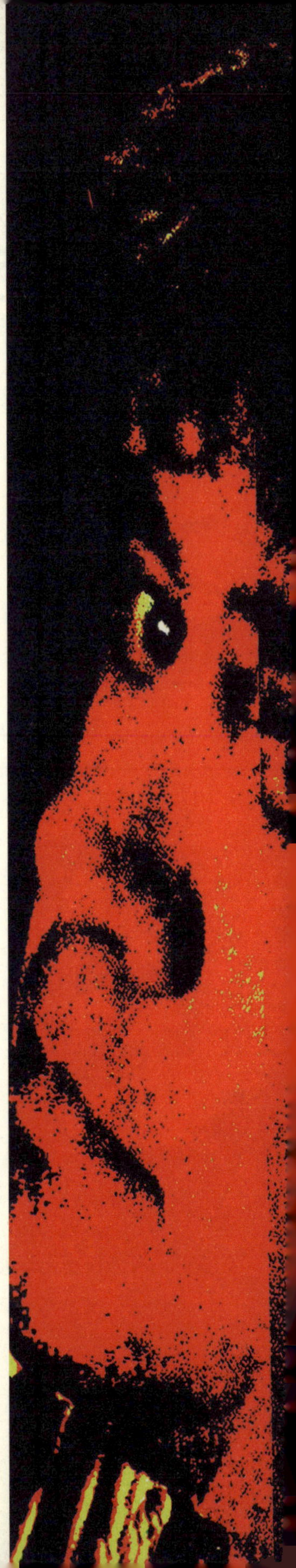

O OLHAR DE CLARICE

Ela tinha um olhar
que atravessava as pessoas
olhar indecifrável
olhar que todos amavam
olhar que todos temiam
olhar significado e significante
olhar de extrema doçura
olhar de extrema dureza
olhar que desafiava
os enredos da vida e deles extraía
o que ninguém percebia
reinventando o valor das palavras
Clarice tinha o olhar absoluto
absolutamente humano.

FESTA DO OLHAR

Nossa memória cultiva, com especial afeto, reviver, intensamente, aquilo que mais amamos. Cyd Charisse, por exemplo. Enorme emoção. Não há ninguém que não tenha ido ao cinema para ver e se emocionar com a vida do outro, com o drama do outro, com o ideal do outro, que, afinal, talvez sejam as nossas veredas que levam ao desmedido e necessário sonhar.

Independentemente de sabermos que a viagem terrena tem sido muitas vezes de uma estupidez homérica, principalmente quanto à fugacidade de todos os acontecimentos, temos que aquiescer que os deuses, afinal, nos concederam algumas alternativas. E uma delas foi Cyd Charisse dançando nos filmes musicais. La Charisse diante do mundo todo para ser vista e muito amada.

Os gestos de La Charisse forjam a docilidade das curvas, domam o ímpeto das retas, embalam os giros e fazem, do momento, calor intenso, para mais alto elevarem o salto. As forças do movimento são brutas, mas alteiam-se leves pelo mover cadenciado do equilíbrio, tornando tudo fácil e encadeado, para o entusiasmo do nosso aplauso.

As mãos da artista regem a musicalidade do existir que a conduz, sob o manto de uma personalidade especial e única, entregue ao viver em dança. Festa do olhar. Orgia do coração.

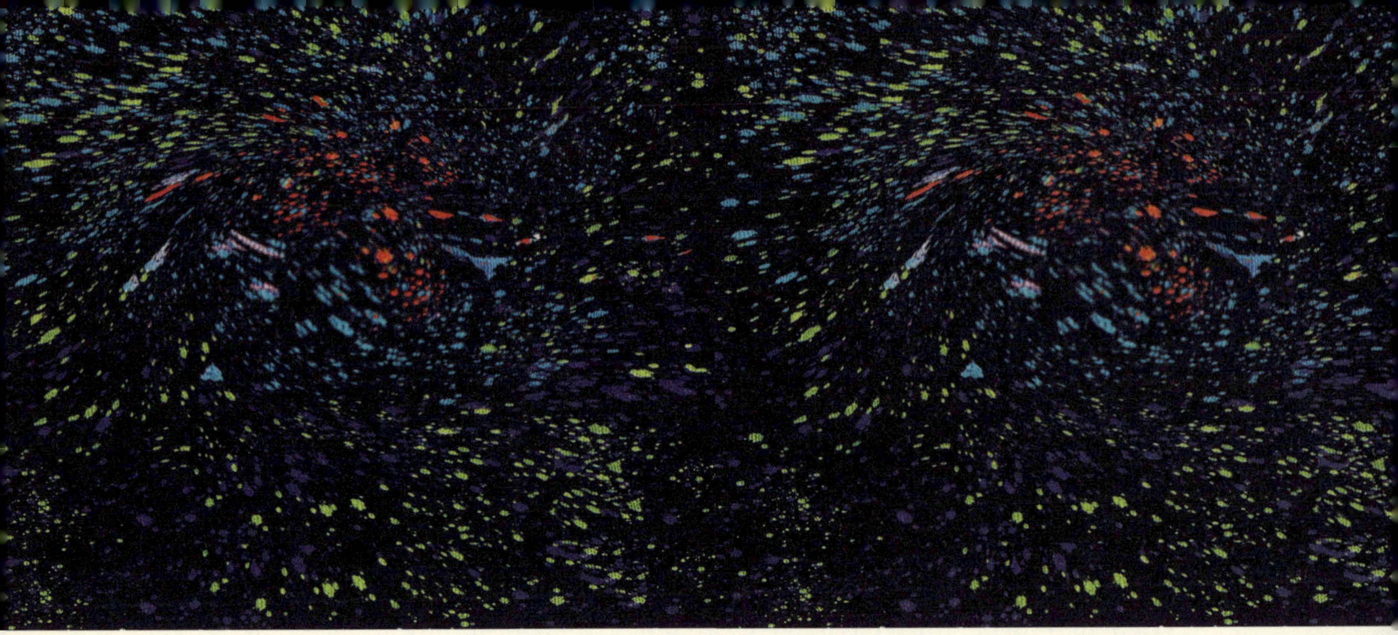

OLHANDO A NOITE

Diante da noite assistimos ao espetáculo do milagre das estrelas. Sinfônicas, com seu esplendor de eternidade. Silenciosas, no instigante espaço infinito, com suas danças de luzes evocativas da felicidade possível. Basta olhar, que a noite nos fala. E comove. A noite purifica instintos. E faz esquecer o estigma de erros e frustrações. Esta a principal linguagem da noite: a imagem dos apaziguamentos, a fala da sublimação a despeito das violências e maldades que infestam as ruas atuais de nossa existência.

A noite é um rio admiravelmente maior do que as corredeiras dos dias. Os dias passam. A noite permanece e, em permanecendo, tem como premissa primeira apaziguar e enternecer os homens e as mulheres. Em qualquer lugar do mundo.

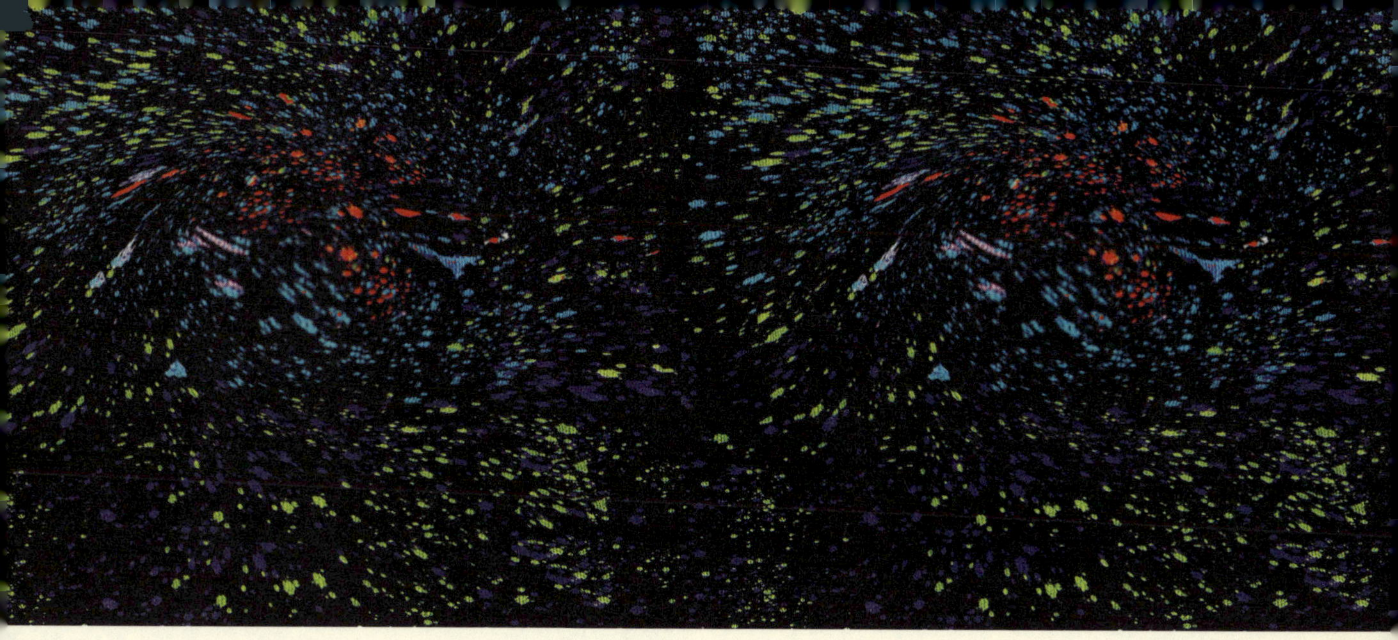

Diante da noite "estão felizes os felizes", como disse Jorge Luis Borges. Em contraponto ao insidioso dia, a noite poderá sempre prescrever, com uma precisão inegável, um antídoto, feito de ternura, para tentarmos diminuir os absurdos que envenenam os dias. A noite suspira e pulsa pelos significados primordiais, que podem outorgar ao homem a dignidade e a natureza do bem. E fazer prevalecer esse bem sobre o mal, na gangorra da vida, dependurada nos andaimes da contradição, no embalo de virtudes e vilanias. Noite, além de quaisquer maniqueísmos castradores e inibidores das potencialidades do ser. A noite propõe um sentimento que permite ao homem criar um idioma para o estabelecimento de um diálogo do existir sereno. A noite foi feita para nos contemplar com o vislumbre das quimeras e, com elas, ladrilharmos nossos destinos. O olhar, nos terreiros da noite, pairou longe dos instantes sujos do mundo. O olhar guarda na memória surpresas e assombros.

ALÉM DE UM SIMPLES OLHAR

Existe uma expressão francesa fascinante, ou instigante, e que é *le regard*. O olhar, o semblante. Interpreto a expressão não como o ato de vermos. Mas as particularidades que percebemos e admiramos no rosto das pessoas. *Regard* é semblante, é o detalhe que emblema todo o espírito da pessoa. O sentimento do ser humano se expressa através de seu modo de olhar. Em seu *regard*.

O olhar de cada cidadão é uma estória a ser "lida" e curtida. E isso pode ser constatado, com muita clareza, no olhar cinematográfico, que nada tem de olhar. Só *regard*. Michele Morgan, uma grande atriz francesa, que brilhou em meados do século passado, tinha um dos olhares mais expressivos do cinema mundial, de todos os tempos. Não precisava dizer nada. Bastava olhar, bastava fazer luzir o seu *regard*. Era puro emblema do mistério, pleno de sensualidade, que despertava em todos uma onda de imenso desejo.

Clarice Lispector, além da magistral escritora, também foi exemplo maior da beleza feminina. E tinha, como a atriz francesa, um olhar-*regard* arrasador. Olhar que parecia atravessar as pessoas. Olhar de inquestionável magnetismo e, acima de tudo, um olhar-semblante de extrema doçura.

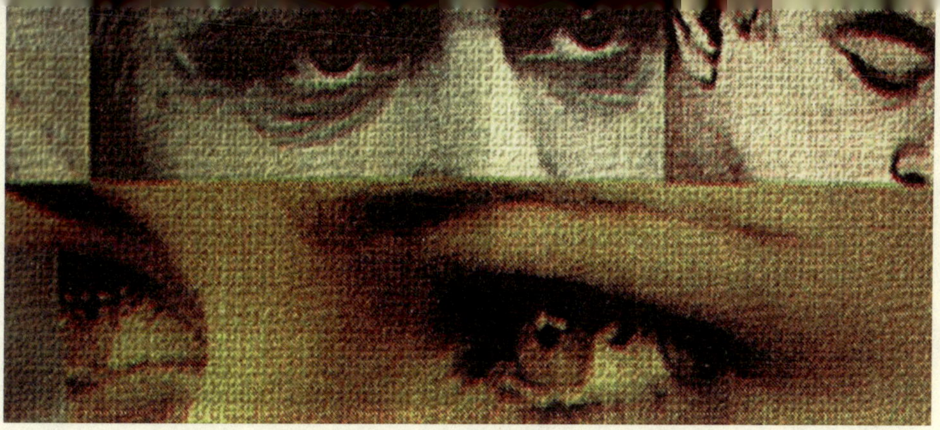

Mas, infelizmente, o tal olhar-semblante não se limita às expressões faciais da beleza radiante. O olhar dos loucos, por exemplo, é o da máscara do mistério mais profundo. E tudo o que se pode ler, em tais olhos, é o antissignificado da existência humana. O olhar do louco é o *regard* da trágica e intraduzível alma daqueles que foram destituídos da jardinagem dos convívios. O patético olhar dos loucos parece significar o semblante do insondável e, numa outra leitura, como ressonâncias, certamente inextrincáveis, do mistério da existência. O olhar-*regard* das tristezas infelizmente também existe, para fustigar nossas consciências estigmatizadas por esse cotidiano do crescente egoísmo e violência, que envolve a todos. Aí quem sofre mais não é o dono do semblante ferido, somos nós, ao vermos e absorvermos a imputação de um olhar sem causa e vez, nos implorando, por seu turno, um olhar cúmplice do sofrimento torpe e insanável. É ruim! Mas acontece, cada vez com maior frequência, em cada estocada da época que passa e nos conduz sem qualquer complacência com os outros.

Por outro lado, muito distante, existem os olhares da infância. Como os de meus netos, que irão olhar, com certeza, não só no fundo dos olhos de seus oponentes ou companheiros, mas no fundo, bem no fundo, da razão que justifica e conduz o homem diante da face iluminada da terra. Olhar e *regard*. Reflexo do corpo que engendra visibilidade, ritmo e modo humano, primordiais no entendimento entre as pessoas na vida. Vida dependente, muitas vezes, dos vários e implacáveis olhares do mundo.

II

O MENINO

"Liberdade é pouco. O que desejo ainda não tem nome."
Clarice Lispector

"E a criança aconselha-se com as flores."
Murilo Mendes

"A infância é certamente maior que a realidade."
Gaston Bachelard

O MENINO E O AMOR

Eram oito horas da manhã e o menino já circulava entre as mais altas galhas, na enorme mangueira, que reinava absoluta, no quintal de sua casa. Nesse exato momento, dos píncaros da árvore, o menino viu um caminhão de mudanças estacionado do outro lado da rua, duas casas acima de onde morava. Com uma agilidade própria dos símios, o menino desceu da árvore em segundos, indo sentar-se no meio-fio do passeio, em frente ao caminhão, que iniciava a mudança.

Sua curiosidade de garoto de uns doze anos de idade pulsava alegre entre os móveis e utensílios que eram descarregados e levados para dentro da moradia. Mas, no exato momento desse pulsar, surgiu um táxi de onde saiu a moça mais linda, que ele jamais vira, entrando em seguida na casa. O coração do menino disparou a mil por hora, batendo como um incontrolável tambor em seu peito. Ele não sabia, mas dava-se ali, naquele instante, o início da busca incessante da oportunidade do homem ser feliz na vida.

Estava estabelecido, para o menino, o princípio da mais perseguida e celebrada razão da existência humana: o amor! A linda vizinha teria idade para ser mãe do menino. Fato que, nem de longe, iria fazer com que ele deixasse de desejá-la. Desejá-la com o mais caloroso e permanente entusiasmo.

Com o pensamento constante na moça, o menino passou a morar, praticamente, no interior da mangueira, de onde podia vigiar, na casa vizinha, todas as saídas e chegadas de seu grande amor.

O que criou em sua família, que não entendia aquele rompante existencial de Tarzan, O Homem Macaco, uma grande preocupação em relação a seu estado mental. Os ventos primeiros da manhã, que o menino absorvia no alto da árvore, levavam seus impulsos amorosos até a porta da amada, no outro lado da rua. Os mesmos ventos que fustigavam as ramas de onde o menino se encontrava buscando capturar, nos céus, as brisas da sensualidade primordial. Ali, onde ele procurava entender e desvendar segredos, ele alimentava o pulsar do desejo, com a energia das grandes paixões. O menino achava que a moça andava como se estivesse sendo regida por compassos celestiais. Acreditava que o silêncio da moça significava mais do que mil palavras. E que no olhar da moça ele divisava a luz do mundo. O menino achava que a sinfonia visual das estrelas fora criada para festejar a existência da moça, a seu lado. E que ela era o início e a conclusão de toda a beleza.

Totalmente entregue ao encantamento, o menino passou a viver em estado de amanhecer. E foi assim que começou a escalar a maior montanha da vida: a montanha da grande ilusão.

O MENINO E O CARRETEL

Antigamente muitas famílias moravam em casas amplas e confortáveis. Moradias com frondosos quintais que, na mente das crianças que ali residiam, era um mundo cheio de aventuras a serem vividas. Naqueles quintais ficavam também os barracões habitados pelas empregadas da casa. Empregadas de tempo integral, sem direito a férias, folgas ou benefícios da previdência social. Não obstante essa situação quase escravocrata, as empregadas eram extremamente afeiçoadas e dedicadas às famílias que as empregavam.

No barracão de uma dessas casas morava Luíza, semblante de princesa etíope, olhos luzidios, corpo viçoso e dentes perfeitos, que resplandeciam, inigualáveis, quando ela sorria. Sorriso que, além da beleza, deixava sempre pairando no canto da boca um traço de mistério que permanecia no ar, sustentado por seu olhar nas distâncias do pensamento, compondo uma expressão que durava eterno segundo.

As crianças jantavam mais cedo, para não perturbar a refeição dos adultos. Alguns iam brincar com as babás nos barracões. Barracão, mundo que existia fora do contexto da casa, e que pulsava misterioso diante dos olhos expectantes do menino. A criança, nesse momento, está sentada no pé direito de Luíza, que movimenta a perna para cima e para baixo, na lúdica conjugação de um "bangobalangobango" ritmado pela chuva que desaba sobre o barracão. Luíza sorri, e seus lábios entreabertos fazem aflorar uma expressão enigmática. Luíza parece brincar com as determinações misteriosas da vida.

O instante embala o compartilhamento de deliciosos silêncios. As mãos de Luíza soltam as mãos do menino, parando, repentinamente, a brincadeira pendular. O gesto nasce suave, o braço se movimentando em direção à pequena mesa ao lado, cheio de bugigangas. Luíza faz os dedos dançarem sobre a mesinha entre diversos objetos, até encontrar a peça desejada, um carretel de linha. Durante uma fração de segundo, os olhares se triangulam, entre eles e o carretel. Parece acontecer um diálogo mudo, de entendimento caloroso, carregado de cúmplice espontaneidade. As sombras dos dois, projetadas na parede sem adornos do barracão, parecem espreitar, expectantes, o jogo que vai se iniciar.

O menino, de pé, Luíza sentada na beirada da cama, esconde-esconde, seio achei, rijo, sedoso como bola de lã, carretel, seio, achei-achei, o carretel corre entre as curvas íntimas de Luíza, novos rumos surgem, esconde-esconde, depressa, brinca-brincadeira, risinhos abafados, onde está o carretel? As mãos procuram, como pequenos pássaros agitados, novas curvas do corpo firme e quente de Luíza, curvas que se contorcem, depressa, mais depressa, o ventre de Luíza treme em espasmos ofegantes, cadê o carretel?, esconde-esconde, não acho-achei, o carretel repousando sobre um tapete macio e escuro entre as pernas de Luíza, onde as mãos do menino permanecem afogueadas, úmidas, chicotinho-queimado! Ficou marcada para sempre no menino a festa da descoberta e da atração dos corpos. O corpo, fonte e auge do desejo, o mais emocionante alumbramento da magia humana.

O MENINO E O PIANO

Quando o menino completou nove anos de idade, juntou seus vinténs, que eram provenientes da venda sistemática de garrafas vazias e de jornais velhos. Reuniu todos os trocados possíveis, visando amealhar uma pretendida fortuna. O menino desejava ardentemente ter uma grana. Teve. Quando pensou ter a quantia suficiente, comunicou à sua avó, que fazia o papel de sua mãe, seu desejo de estudar piano. E que ele pagaria as lições, sabedor que era das precariedades financeiras da casa. E iniciou as aulas, com uma professora que morava cerca de quatro quarteirões de sua casa.

Piano! Música! Artista! Viagens! Será? E ele seguia para as aulas. Calças curtas, curtas pernas, curtos passos, curtas batidas do coração e, definitivamente curtíssimo sonho, pois as aulas não duraram mais do que um mês. O dinheiro acabara.

Naquela época o menino escutava, todos os dias, às 11h30, um programa de música clássica transmitido pela Rádio Guarani. E ele vibrava. Sentia vontade de rir, sentia vontade de chorar. Era muita emoção. Muita. Ele era uma dessas pessoas que não podem viver sem a música. Sem música ele sentia um vazio inexplicável. A verdade é que sem música o homem definha. É, talvez, na sarjeta das ideias, ou num mundo desprovido de emoções.

Aquele desejo musical do menino era, observo daqui, do outro lado de um enorme tempo, um sentimento da busca de um elemento transformador daquela realidade estratificada pela monotonia existencial. Aquele aprendizado pianístico encobria um desejo de fuga do terrível cotidiano regido por um monocórdio fazer de coisas banais.

O menino foi musicalmente ceifado. E quando isto acontece, e quando se perde um ideal, e quando se negligencia a pureza, o mundo vai mal. Pois torna-se um mundo caracterizado pela insensibilidade, responsável, quase sempre, pela brutalidade humana. Enfim, o menino cresceu. Mas guarda ainda, zelosamente, aquele instante de pianista. Instante que envolveu também a ideia de que, em tocando, ele poderia dizer a todos, um dia: viver é apropriar e desvendar novos significados, além do imediato cotidiano, que não é só vagaroso e estreito, mas sempre aviltado pela mediocridade da falta de coragem da pessoa superar-se. Muito provavelmente isso era o que alimentava as divagações daquele menino que imaginou transformar-se, um dia, em pleniclaro pianista.

O MENINO E A DOR

A dor dói?, perguntou o menino em frente ao espelho do banheiro de sua casa. E dói quanto, e dói como, e onde, e por quê?, perguntou o menino. O espelho, como todos os espelhos, frio e enigmático, nada respondeu. Aquele banheiro guardava muitas histórias. Como a história do menino e sua dor.

Não havia chuveiro e, assim, o menino tomava banho de banheira. E ali, postado em meio à tíbia água da limpeza quase inócua, era onde ele tinha espaço, tempo e vontade de pensar. Ele sentia que era necessário pensar, pois, em meio a seus sonhos, a vida tinha começado a doer nele. O menino sonha, fantasia e delira? Claro, uma vez que viver é fabular. O que é extremamente próprio dos meninos.

Mas, enquanto acontece o desejo e o propósito do sonho, enquanto a delicadeza da percepção vai tecendo uma colcha de vontades oníricas, a vida agride, a vida despenca, a vida se esboroa. Parece que a maior dor que o menino sentia era, pura e simplesmente, a existência do mundo dos adultos. Ora, que mundo era aquele em que as pessoas fingiam e mentiam? O testemunho de tal fato fazia doer, no menino, uma tristeza de culpa. Era uma dor terebrante, devastadora das expectativas de poder atravessar o dia a dia incólume ao sofrimento.

Ninguém morrera, mas tudo doía no menino. Quanto mais tentavam se aproximar dele, mais ele sentia profunda necessidade de se afastar de todos. E subia nas grimpas da gigantesca mangueira do quintal e, de lá, via e sentia o que ninguém sabia cá de baixo: a imprevisibilidade do voo dos pássaros e dos isentos, o intenso jardim de luzes dos espaços, a intimidade acariciante dos ventos no rosto, o prazer na identidade do isolamento. Claro, o menino não racionalizava tais sensações, mas sentia tanto aqueles momentos, que nunca mais os esqueceu.

O menino, quando jogava bolinha de gude e errava o papão de forma inesperada, aprendeu o sentimento da frustração, inseparável companheira dessa misteriosa dor que embala os fracassos e, para piorar, a decepção. Dor e decepção . Ou decepção amamentando a dor do inexplicável fracasso.

O menino, como quase todos os meninos, conheceu instintivamente, e muito cedo, o autoerotismo, um eufemismo para masturbação. E instituiu, nele, novos conflitos e ansiedades: a dor da mentira, da dissimulação e do remorso. Remorso? Sim, remorso por viver algo considerado tabu, em cujo bojo estava inoculado o ameaçador sentimento do pecado. Criando em seu mundo mitológico- existencial a malsinada veemência da moralidade maniqueísta. Assim é que, então, o menino despertou para o inexorável e, provavelmente, mais trágico sofrer: a dor do existir!

Mas, em compensação, como geralmente acontecia com ele, o menino descobriu, também, que as cores mais fascinantes da vida são aquelas que as borboletas ostentam, bailando nos ares e nos sonhos. Havia sempre um contraponto de fuga para suas dores, no desvendar dos dias.

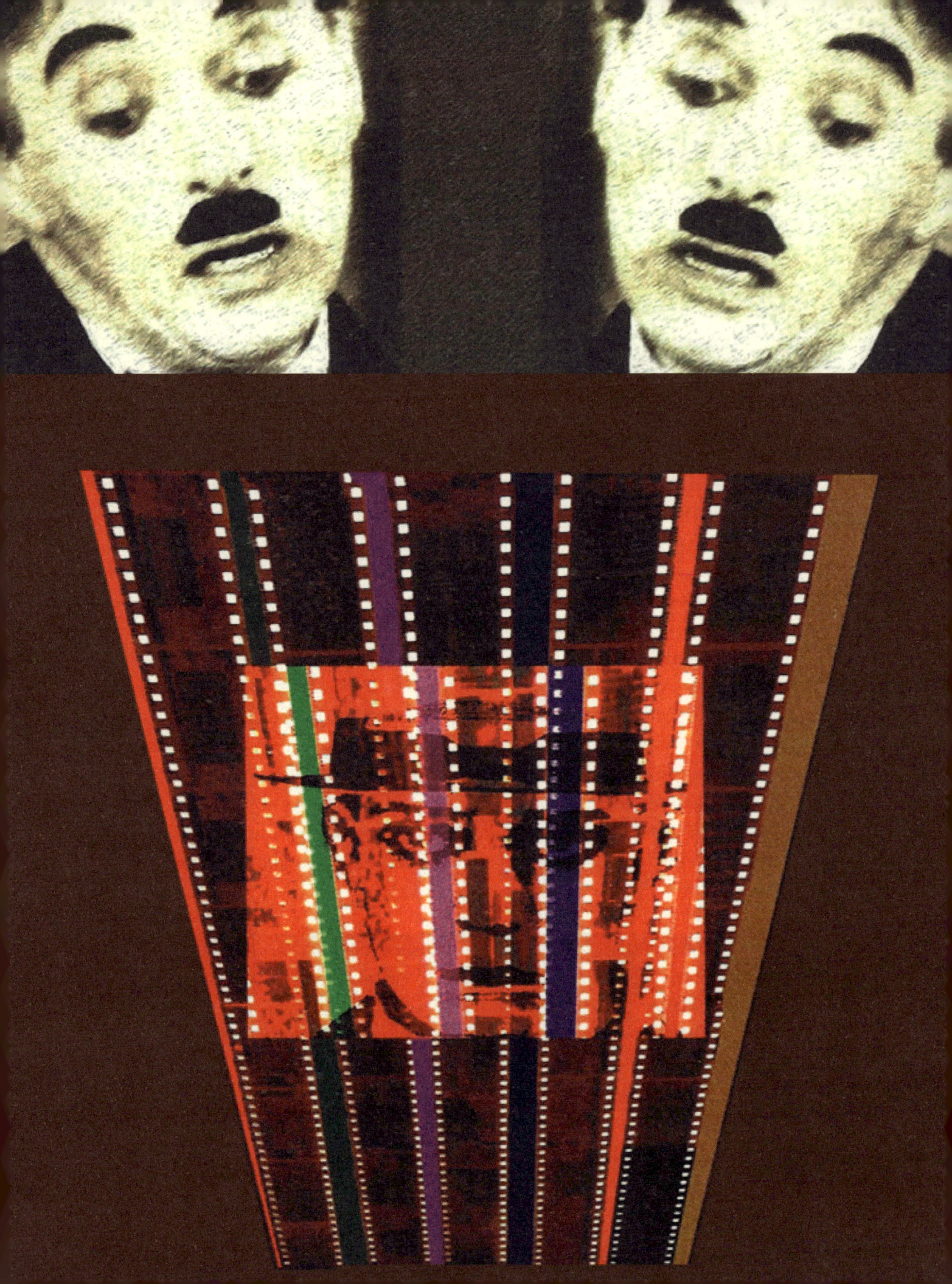

O MENINO E O CINEMA

O menino assistia todos os domingos pela manhã, no Cine Brasil, a um festival de desenhos animados e curtas-metragens, estrelados por Carlitos, o Gordo e o Magro, Buster Keaton e muitos outros. Era a famosa Matinê Mickey, que reunia crianças de toda a cidade para aquilo que seria o primeiro convívio de uma geração com a arte cinematográfica. Para o menino estava plantada a semente de uma definitiva paixão pelo cinema. Ele começou a entender, através do cinema, que todo cidadão existe, fundamentalmente, em função daqueles que o cercam. O espírito comunitário e social surgiu para se instalar no menino, como causa e consequência de sua incipiente, mas já intensa, fascinação pela chamada sétima arte.

O menino começa a se relacionar com a vida através da assimilação do portentoso fenômeno da cinematografia. Grafia das imagens na elaboração do vocabulário das quimeras e desditas que pautam as histórias dos homens. Pois que o mundo dos homens é concebido, domado e transposto, nas encruzilhadas da vida, através do enfrentamento de vicissitudes e dos medos, da liberdade da imaginação criativa e, mais do que tudo, da poetização do gesto que nos aproxima e irmana, contra as turbulências do enredo que nos é anteposto como sequência vivencial.

Cinema, mundo erigido sobre os turbilhões da existência (drama, humor, tragédia, conquista, perda, amor, aventura, desventura, guerra etc.). Exercício para expressar, além do entretenimento, a reflexão e a inteligência que marca, na intepretação da condição humana, a identidade do homem e as forças de sua convivência com a vida. Especialmente através das emoções proporcionadas pelo olhar e perceber.

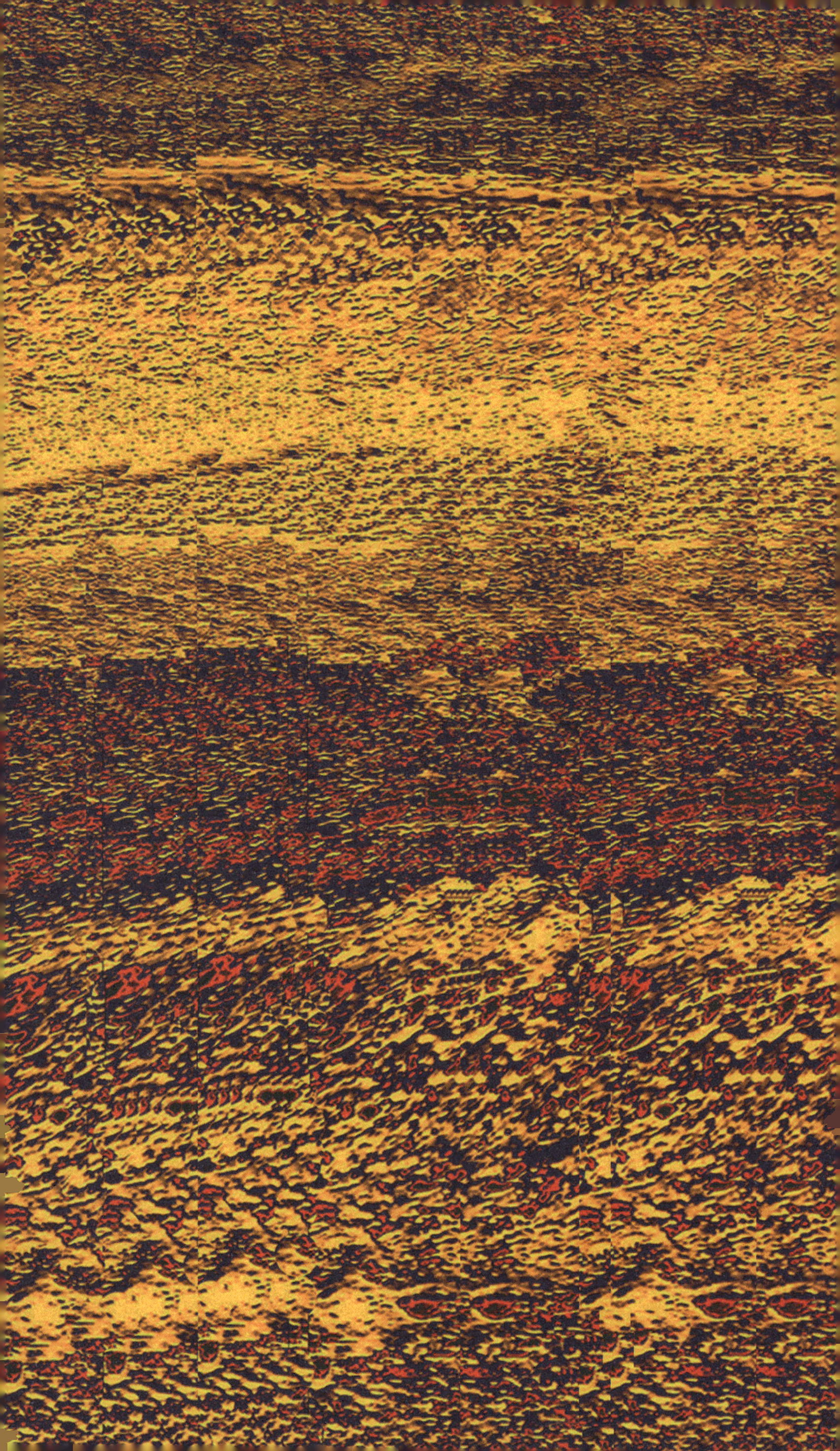

O MENINO E A POEIRA

Nos tempos da infância do menino havia muita montanha e poeira. Poeira que se elevava nos ares, formando figuras fantasmagóricas, nos caminhos de terra batida, que conduziam o garoto, em suas férias escolares, a Santa Luzia do Rio das Velhas. Cidade compassada pelos ritmos antigos e típicos do interior histórico de Minas. Mas o que seria poeira fantasmagórica? Possivelmente as volutas que a poeira formava nos ares, levando o menino a imaginar seres, figuras, inesperados gigantes que habitavam e defendiam aquelas pacatas redondezas. O que seriam aquelas visões, que invariavelmente surgiam naqueles caminhos, convergindo em direção ao barroco luziense? Mistérios? Existiriam mistérios guardados naquelas figuras, signos ou sinais que propiciariam, mesmo na infância, a compreensão da vida? Vida de ver e sentir as pessoas? De perceber o incitante mundo dos acontecimentos comovedores?

Era uma poeira também própria dos caminhos limitados da percepção da infância e, assim, um gesto da natureza que turvava a visão do menino, em relação às pessoas. Pois as poeiras da vida, que eram provocadas pelos homens, se elevavam a alturas que o menino não percebia. Nuvens de terra fina voando e tecendo uma cortina que não permitia a uma criança enxergar, com nitidez, a dureza das terras dos seres adultos, por mais precoce que ela fosse.
Na poeira do que passou, surge o adro da Igreja da Matriz. O menino ao conseguir subir, escondido do Padre José Thomaz, no campanário, ficava vigiando os longes e a ordem cósmica do horizonte. Os longes da estrada e da imaginação, onde um raríssimo automóvel às vezes passava, levantando um lento poeirão que dançava adágios tais, que

o humano corpo jamais poderia dançar igual. A poeira, enorme, subia aos céus, misturando-se aos ventos do infinito, logo ali, fazendo um contraponto com as nuvens. Entre as duas cores, poeira e nuvem, uma só forma: a fantasia do menino, imaginação que o fazia ver coisas, figuras e estórias que o pó, só a ele, contava.

Mais bonito ainda era quando a poeira bem fina, peneirada pelo sol, recebia os primeiros grossos pingos das chuvas de verão. Os tais pingos desenhavam figuras rendadas, que se transformavam em delicadas composições abstratas, na superfície do solo duro. Ele olhava, e olhava, e sentia. E tudo o que sentia, guardava. Às vezes o menino tinha um repente: rolava no chão, para sentir a carícia finíssima da poeira em contato com a pele. Sem ter plena consciência da sensualidade do corpo humano, o menino enchia a mão da terra fina e a derramava sobre a própria cabeça, e sobre as costas, provocando voluptuosas cócegas na pele. Quando chegava em casa, imundo, ele ia direto para o banho, para tirar toda a sujeira. E isto só era possível esfregando no corpo uma áspera pedra-pomes, que deixava sua pele em carne viva. Tão viva que essa lembrança ficou como uma referência no seu mundo adulto, e que ele tinha necessidade de reter, para guiá-lo na infinda busca do entendimento de si próprio. E assim o fazia, ao fixar momentos e guardar memórias, antes que as poeiras do tempo as encobrissem. Lembrar é imaginar.

O MENINO E O PAPAGAIO

Antigamente os dias, nos meses de inverno, nasciam trazendo um azul tão cintilante, contínuo e permanente, que em todos provocava um alvoroço de extremo arrebatamento. Especialmente entre os meninos, pois ali começava a temporada dos papagaios. Que também poderiam ser chamados de arraia, cafifa, pandorga ou pipa. Mas, para aqueles meninos, o nome era Papagaio!

Soltar papagaios era experimentar a autonomia do voo, assim compreendido como querer e poder fazer, ou conduzir, o destino de um momento, exclusivo e próprio de um menino. Liberto de toda e qualquer tutela familiar. Destino! Quando e como o destino começa a ser engendrado e posto para conduzir as ações do homem? Desde o princípio da vida? A partir de um momento específico? Quando são postos para funcionar, independente da vontade do ser, os mistérios que cinzelam a sorte, o fado e a fortuna, e que alicerçam a vida do homem?

Quando acontecem destino e desvio, destino e paradoxo, destino e fenômeno existencial? Já dizia minha saudosa bisavó: "Os anjos que te respondam!" Sob o intenso azul anil do firmamento que abrigava os meninos e através do qual eles se entendiam, eram estabelecidos os primeiros instantes do convívio social infantil: a disputa, ainda que velada, na arte de empinar papagaios. Uma vez que cada menino se esmerava na construção de seu papagaio, caprichando no tamanho, cor, envergadura de voo, mobilidade no ar e altitude a ser alcançada. Ou seja, uma série de requisitos, que exigiam habilidade e talento para construir e operar os artefatos voadores. Bem, havia ainda o capítulo das manivelas, fundamentais para a boa operação dos papagaios. Alguns meninos, mais abonados, compravam manivelas no Mercado Central. Outros apelavam para as habilidades de seus parentes mais velhos na construção das engenhocas. Ou usavam apenas uma lata vazia para enrolar a linha condutora do papagaio.

Assim, singrando os céus do bairro, com os papagaios personalizados, o menino empinava seu resoluto João Ventania. Seu vizinho de frente, o Falcão dos Sete Mares; o menino vizinho do lado, o Condor das Gerais. Seu melhor amigo empinava o Avatar, nome que ninguém sabia o que significava. Enfim, que rumo tomou a evidência da pureza daquele tempo, vivida com tanta autenticidade, como rito mesmo de esperança e amor, no destino dos homens?

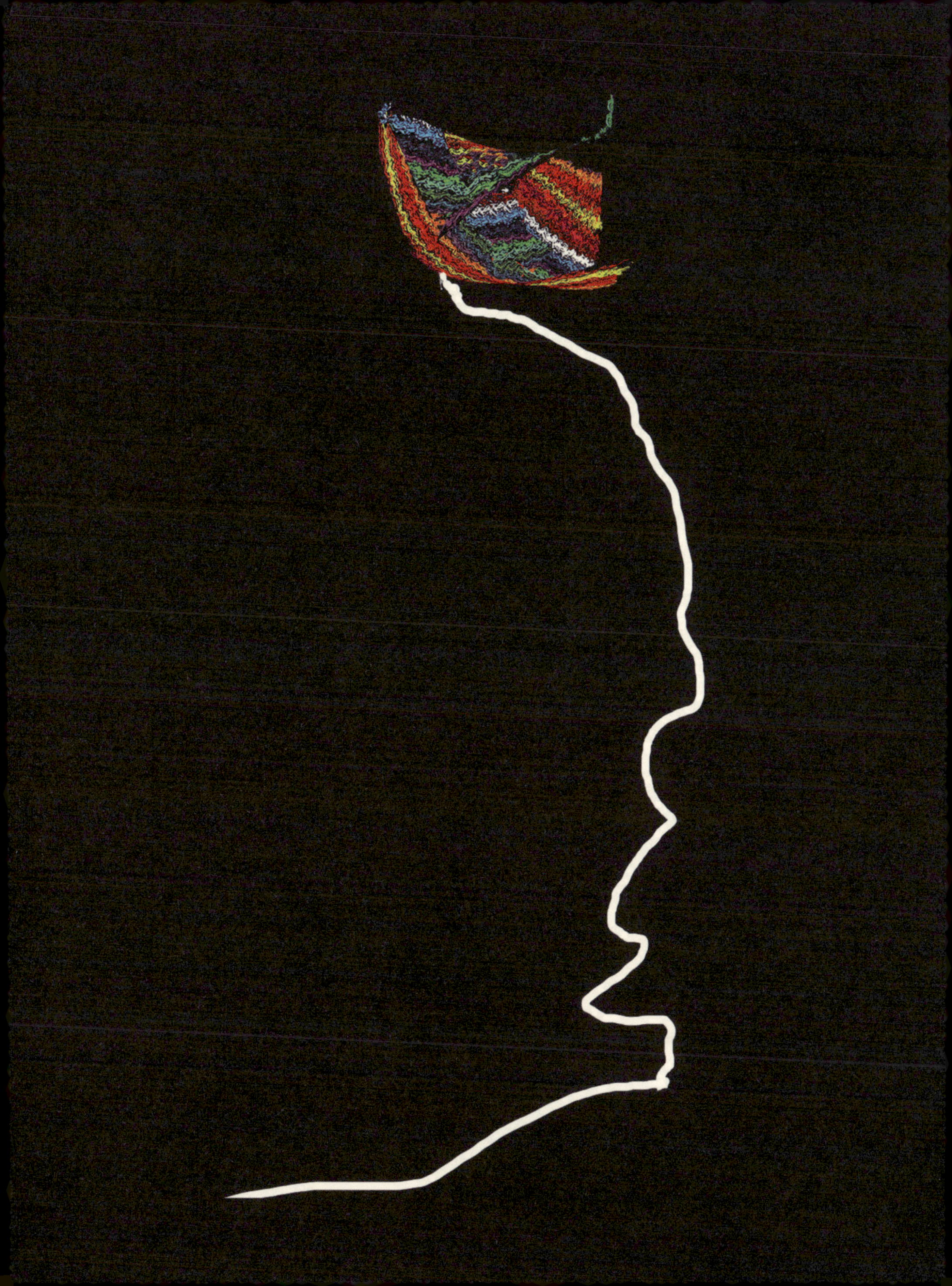

III
PALAVRAS SOBRE PALAVRAS

"O poema não é uma forma literária, mas o ponto de encontro entre a poesia e o homem."
Octavio Paz

"A poesia constitui um tráfego perpétuo nos dois sentidos entre experiência e imaginação."
Michel Hamburguer

"Uma palavra é um abismo sem fim."
Paul Valéry

PALAVRA E POESIA

Fui ao que me indicaram como fonte da linguagem – o idioma – e encontrei versos. Versos cujas palavras transcendiam às suas próprias conotações, para alçarem-se inflados pelo sopro da imaginação. Palavras que se abstraiam do significado frio e direto da nomeação das coisas, para concretizarem a determinação dos sonhos fantasiosos da criatividade, próprios da utopia dos homens. Por quê? Porque a palavra é ideia, ideia é a forma de ser que determina, por sua vez, as características do mundo em que pretendemos viver.

A palavra é o meio que temos para sairmos de nós mesmos e, assim, conquistarmos o tempo e o espaço de participação no universo social que continuamente construímos para nele vivermos. Sejam quais forem as palavras de ordem. Ou desordem! Palavra é a sustentação da sensibilidade para vivermos aquilo que nos foi possível experimentar através de nossos mundos possíveis.

Nunca será demais dizer que a palavra trama, fixa e explica a nossa realidade. Ou seja, ela é responsável pela criação e regência da sinfonia da civilização humana. Tudo carece, depende e deságua na palavra dos homens. Especialmente no caso da poesia. Poesia que a tudo autentica, seja nos cartórios da tristeza ou da alegria. Da depressão ou da euforia. A palavra surpreende, provoca e sensibiliza, em todos os instantes em que ela nos enreda, em sua teia de significados.

"Qual a catedral, qual a sinfonia, qual a obra que pode comparar-se em significado, em beleza e em sabedoria com a palavra, com qualquer palavra de qualquer língua?"
Vilém Flusser

POETAS E PALAVRAS

Ao buscar expressar suas verdades e expor seus sentimentos, o poeta faz das palavras um termo superior à gramática superficial das expressões. Não é um simples empilhador de palavras. O poeta é um estudioso pela prática das gramáticas sintáticas e lexicais. Porque ele pretende assegurar que a palavra seja parte constituinte do poema, não como o registro de um fato, mas como expressão de um sensível ver, absorver e criticar. A palavra, no poema, traduz a emoção de uma circunstância vista, vivenciada ou sonhada. O verso é a figuração do mundo. O mundo, por sua vez, é uma projeção de nosso sentimento no contexto do poema.

O poeta busca com afinco uma miragem composta de palavras. Ou cultiva uma floresta feita de palavras: seu idioma natal! Floresta com a qual ele pretende se impregnar de poesia. Da poesia que ele quer usar para transcender as fronteiras da criatividade. E, principalmente, transcender as limitações do próprio eu. O poeta almeja a perfeição da palavra solar, prenhe de significados tensionados pela emoção. E pelo alento e pelo devaneio.

As palavras são as peças do jogo da imaginação, jogo que transforma em sentido de poesia a predicação do sentimento contido na intenção do poeta se expressar. O que estabelece, por sua vez, a natureza desse discurso poético é a afinação da capacidade do perceber, sentir e traduzir a plenitude da identidade daquilo que foi vivenciado e absorvido.

Poesia é o exercício da paixão pela vida. Através das proezas do pensar, verbalizar emoções é o que o poeta faz com as palavras. Escrever poesia é realizar a coesão do perceber para interpretar o acontecido, ou o idealizado, potencializando o pensamento (dramático/lírico) reflexivo sobre o sentido do ser humano. Sentidos tais como ideais, valores, dissonâncias e ações pertinentes à matéria e ao espírito que caracterizam a essência do homem em seus intentos de vida.

Com as palavras surge o papel do discernimento humano, que é, principalmente, o reflexo que elas, as palavras, significam como resultado puro e simples das conquistas que o homem realiza. Apesar de todas as desgraças que comete ou provoca. Pois o homem é conquista da compreensão. Conquista da escuta (aprendizado) da palavra que constrói e expressa o vernáculo de amor à vida. E conquista, mais do que tudo, do discernimento que estabelece a correlação entre consciência e ela, a palavra.

NOS TERRITÓRIOS DO POEMA

Meus grandes amigos vivem intensamente nas estantes de minha casa, e com eles mantenho contínuo e intenso aprendizado. No imenso mundo da poesia lá estão Drummond, Maiakovsky, Cecília Meireles, Pessoa, Baudelaire, Octavio Paz, Cabral, Murilo Mendes, Gabriela Mistral e muitíssimos outros. Desses velhos poetas é que, certamente, surgem coisas novas. Assim vou aprendendo com eles os caminhos das terras da Poesia construídos pelos significados, conteúdos e serventias do Poema.

Para surpresa minha, aprendo que um Poema não pretende resolver as infâmias políticas de Brasília, como também não tem meios para acudir aqueles que sentem frio e fome nas ruas das cidades. Mais grave ainda, o Poema não consegue estancar a sangria de desamor que todos praticam no pulsar dos dias.

Mas, por outro lado, ensinam-me que a circulação do Poema é absolutamente necessária nas artérias da sensibilidade dos seres. Pois, explicam, o Poema é o registro de uma observação emocional do homem, quando ele age ou reage existencialmente perante um fator social, fator esse acontecido no âmbito público ou pessoal. Fenômeno que, demandando uma grande acuidade intelectual para a sua realização a bom termo, merece, assim, todo o nosso aplauso e admiração.

Aprendo, ainda, que com o Poema não compro, vendo, troco ou posso barganhar o medo das ruas com a fulguração da coragem. E, pior, o Poema não tem condições de pagar o porre capital do estudante interiorano que se dissipa, em solidão, num dos mais fétidos botequins da cidade.

Mas, ao contrário de tudo isso, o Poema pode também, e principalmente, asseguram meus mestres, ser um guia do bem-querer para transformarmos todos os fatos vividos numa experiência definitiva e inequívoca de amor.

Sábios, meus diletos poetas insinuam que nunca devemos desdenhar dos textos que não sabemos, mas, pelo contrário, devemos persegui-los com obsessão, para o nosso próprio e imenso bem poético. Orientam com pertinácia que devemos buscar na seiva do verso a transparência do estar, e que todos aqueles que se metem a poetar devem ser trabalhadores integrais da palavra.

Advertem, com simplicidade, os bardos de minhas estantes, que de um Poema busca-se apenas o aspecto singular que das pessoas absorvemos, para descobrirmos o indício dos rumos plenos do humano prumo. Poema, rio ideológico da estética na qual se fundamentam a proclamação dos sonhos. Ou, como indicam ainda, Poema simplesmente um eco dentro de um grito daqueles que desejam, utopicamente, cravar e misturar lembranças no imaginário.

Finalizando a lição, mandam nossos poetas que prestemos atenção no branco de eloquência da folha, para que possamos perceber que todo fonema, aflado pelos ares da emoção, ao ser transcrito, se torna, muito além da fala, mágico vetor do Poema.

Fritz por Guignard

O AMANTE DA PALAVRA

A palavra, como se fosse uma dedicada amante, abria-se entusiasmada para ele, ajudando-o na elaboração de quimeras. Pois ele era um homem que acreditava na vida. Para ele tudo valia a pena, porque ele sabia que, quando existe devoção, tudo é possível. Ainda que todos o contraditassem, ele acreditava e, como tal, surgia transformado numa figura singular entre os omissos e mudos, que eram muitos. Suas palavras desdobravam-se como se fossem conduzidas pelos ventos de uma possível racionalidade humana. Suas palavras tentavam modificar o mundo, procurando escrever o bem, onde haviam grafado, profundamente, o mal. Sua palavra, devota amante, existia para ele se expressar de forma criativa, coerente e lógica.

A palavra, que traduzia suas atitudes, elaborava argumentos que estabeleciam a clareza de suas convicções, para discutir e fazer do homem o centro e a razão que deveria buscar todos os esforços alternativos do pensamento político, para o bem da natureza humana. A palavra, nele e dele, resguardava-se do discurso vazio. E assumia a característica da retórica aristotélica que "... assemelhava-se à dialética. Seu fim não é persuadir, mas ensinar o possível."

A palavra dele buscava caminhos que sempre levassem à ética e à cidadania. Alguns, muitos, quase todos, interpretavam essa crença como um gesto quixotesco, uma fantasia utópica. Mas... "Era um homem que repensava ideias adquiridas, para substituí-las por outras que surgissem de sua reflexão e de seu amor à liberdade e à justiça", escreveu sobre ele ninguém menos do que Carlos Drummond de Andrade. Ele sabia que o cultivo das palavras leva-nos a pensar com autonomia e a discutir aquilo que já foi pensado.

E ele pensava diferentemente. Assim, suas palavras tinham a força de um olhar antropológico, um olhar que estudava e desvelava hábitos e maneiras de viver. Era um olhar voltado para a interpretação tribal, quando a tribo cria a interação social-comunitária, que estabelece os paradoxos de nossas propriedades ontológicas. Para que o homem, então, se faça nexo e sentimento do mundo, como escreveu o poeta maior. Ele fazia da palavra autêntica busca da atitude fundadora e transformadora da ordem das coisas, para chegar a novos e melhores paradigmas de ser. Poder ser. Palavra, imprescindível ferramenta para sustentar a visão dos fatos essenciais à elaboração da proposta de novas ordens, que possibilitassem iluminar aquilo que se fazia obscuro e inatingível, pela maldade ou ignorância ingênua.

Ele conhecia e usava a vida tensa das palavras na gestação de ideias, na vigília dos hábitos sociais, na interpretação da imanência e transcendência cultural, no trato das paixões humanas, na leitura do dramático teatro da vida, nos questionamentos ou formulações de ideais. Viveu pelo sentido-sentir da palavra entre os homens. Para o bem de todos. Fritz, autenticidade e coragem, duas palavras de filial e indelével lembrança.

IV

SEMEADORES DA BELEZA

"O dom é uma facilidade para aprender.
O talento, uma potência para criar."
André Comte-Sponville

UMA RUA NO RIO

Conheci um jovem que talvez fosse eu mesmo. Não sei, com certeza, se se tratava de mim, ou apenas de alguém que eu desejava ser um dia. O jovem chegara de Minas para conquistar o mundo, desde a cidade do Rio de Janeiro. Ele tinha um ritual compassado de emoções e que era caminhar diariamente pela rua Conselheiro Lafaiete, no Posto Seis, em Copacabana, dirigindo-se para uma escola de teatro existente num casarão antigo, naquela rua. As aulas eram ministradas pelo mímico Luís de Lima e pelo dramaturgo João Bithencourt.

A caminhada do jovem tinha também outro significado. É que no apartamento 701, do número 60, daquela estimada rua, morava ninguém menos do que Carlos Drummond de Andrade. Assim, ao passar em frente ao endereço do poeta, o jovem se emocionava, ao sentir-se tão perto daquele que sempre fora sua referência de sabedoria e arte na vida.

O jovem não conquistou o mundo. Mas jamais esqueceu que Drummond, ao ser nosso poeta maior, nos fez saber que o sonho vive do anseio pelo belo, sonho que é o autor das partituras da sensibilidade, que a todos deveria dizer respeito. E ainda que o sonho, implícito na magnitude do ver e ouvir, vale mais do que falar, ao propiciar ao homem um profundo sentir. Tudo era razão para uma emoção genuína e intensa, porque era uma perspectiva de grandeza e pureza em relação ao homem/ mundo, o EU de todos nós, na Rua Conselheiro Lafaiete, Rio de Janeiro, há mais de meio século atrás. Emoção até hoje preservada, de um tempo que o tempo definitivamente não conseguiu apagar. Álbum da memória.

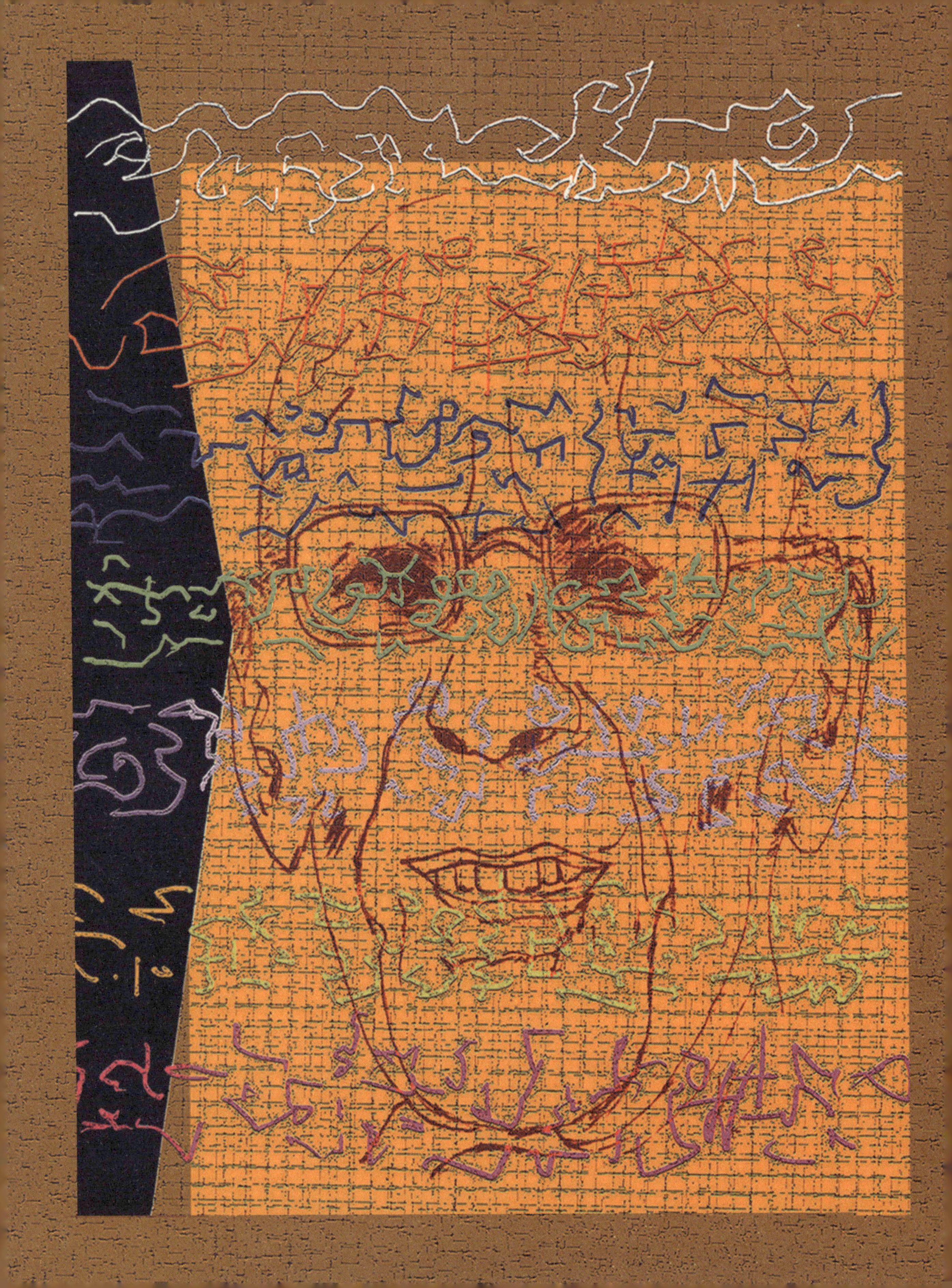

POETA MAIOR

Procuro Abgar Renault nas alturas em que seu talento de artista o levou. Procuro lembrar o espírito poético que definiu e conduziu sua vida em permanente equilíbrio sobre a corda bamba que é a transformação das palavras em delírio estético-literário. Em minha casa existia uma grande preocupação pelo cultivo do amor ao próximo e de uma paixão pelo livro. Nessa casa cheguei criança, muito pequena, quando procuravam guiar-me para desfraldar os lençóis da vida. Achava, então, que nada acontecia. Mas foi daí, do aparente nada acontecer, é que aconteci. Para mim mesmo. E provavelmente nasci, de verdade, aos dezenove anos de idade, quando tomei conhecimento da poesia de Abgar.

O poeta teve um filho, Carlos, que conhecemos um dia. Carlos era muito audaz, não só para o seu tempo, mas, principalmente, para encarar os desafios da vida. Carlos, então, morreu. A vida não aceitou a temeridade de Carlos. Mas como está tão vivo no poema que Abgar escreveu sobre a trágica e prematura morte do filho! Como os dois se fazem tão magistralmente presentes, através da mágica feitura poética: "(...) Triste vento soletra a solidão, / e triste vento lê seu surdo nome, / e dentro da noite de tristes árvores insones / finjo que não ouço e adormeço, / ó triste viajante horizontal, / como se não soubesse o triste número / da tua triste casa e quanto ele dói / na brancura silenciosa da última cidade."

Fazer poesia é engrandecer-se de vida. O que Abgar fazia, ao expor em seus textos as razões mais simples ou trágicas na pavimentação da estrada do viver. Viver para poetar.

CINEMA

Meados do século vinte. Éramos jovens, bastante jovens. Diante das imensas montanhas que nos cercavam, nossas mentes viviam instigadas com a falta do mar em nossas terras. Nós, montanheses, em vez de mar, tínhamos o cinema. Possuíamos o cinema oceanicamente absoluto, cinema trilha dos sentimentos dionisíacos, cinema transmutação plena de nossas marítimas impossibilidades. No vagaroso ritmo do existir belo-horizontino, no olhar de simplicidade característico de nossos cidadãos, no falatório cifrado da alma mineira, atônita no enfrentamento das realidades vividas, havia o cinema.

Quando os fantasmas da melancolia e do desânimo invadiam os labirintos de nossas cabeças, recorríamos ao cinema. Quando nossas desconfianças surgiam, justificadas ou não, trazendo sombras sobre nossas relações transformadas num difícil conviver, ou mesmo um desejo impossível de ser realizado, procurávamos o cinema. Quando situações nefastas irrompiam entre as paredes de nossas cismas, nos dedicávamos ao indispensável cinema. Uma vivenciação fascinante e sem limites.

Cinema, paráfrase da realidade, como disse um dia Godard e, por isso, arte da imaginação. Cinema, linguagem que relata tanto a expressão afetiva, quanto interpreta o significado das intenções forjadas pelo homem em seus caminhos históricos, como também os fenômenos oferecidos pela própria mãe natureza. E ainda, e sempre, linguagem do onírico e da realidade, da metafísica e da materialidade, da possibilidade intelectual de uma ordem mais humana alimentada pelo conteúdo das ideias.

Assim, a projeção cinematográfica torna-se uma projeção da essência do homem, com todas as suas variantes ontológicas, como aprendemos desde nossas primeiras sessões de cinema. E que nos levou a entender que todos nós, mesmo conduzidos pelo modo tímido e reservado do viver mineiro, poderíamos nos transformar, levados pela magia da sala de cinema, e pela alquimia das luzes que bailavam frenéticas nas projeções das imagens na tela, em livres argonautas desbravadores do mundo, inclusive das terras banhadas por todos os mares. Cinema: beleza e muito imaginar!

AMILCAR

"Em Amilcar, ou na mitologia amilcariana, o mundo é criado pelo desenho. Há uma paridade entre verbo e traço, escrita e inscrição. Aqui, o desenho é o lugar do cruzamento entre letra e imagem."
Evandro Salles

É preciso lembrar Amilcar de Castro. Este mineiro mundial. Tive o privilégio, certa ocasião, de visitar seu atelier em Nova Lima, tendo como cicerone o próprio artista, honra ímpar. E visitando o local de trabalho dele, com certeza aprendemos, ou absorvemos, várias lições imanentes de sua arte: o traço, a superfície, a dobra, o corte, a simplicidade fundamental na criatividade da obra que, por seu talento, transporta o objeto para o plano transcendental.

Outra lição. Amilcar se proclamava um artista gráfico. Era quando assistíamos à sua mão conduzindo o traço largo, grosso, viril, percorrendo um breve caminho na superfície da tela plana, expressão da forma que faz nascer a qualidade da figura, síntese da pujança e da imperiosa aventura da composição gráfica. Mais uma liçãozinha, importantíssima, de Amilcar, que escrevia como autêntico e grande poeta. Escreveu sobre a forma: "O rio é dono de um saber surdo. / Não faz rascunho. / Não pergunta. Vai. / Às vezes mais, às vezes menos. / Mas perseverante. Renovado / e sempre afirmando a própria origem. Vai. / O tempo e o silêncio envolvem o espaço / enigma do sensível. / Onde tudo existe à espera de desvendar. / Mas, / atenção! / Quando a luz guarda a sombra / e comove / fundamenta o destino da forma / que nasce."

Essa metáfora do rio correndo como a linha sobre o papel virgem, impulsionada pela imaginação, é de uma riqueza única. Expressa a viagem que a mão do artista, perseverante, sem rascunho e sem retorno, faz para desvendar os caminhos da sensibilidade, própria da natureza expressional da arte. Amilcar de Castro: no entorno humano da vida, o traço de Minas cravado nos espaços do mundo.

GABRIELA MISTRAL

"O egocentrismo predomina sobre a solidariedade."
Edgar Morin

Caríssima Poeta,

O fato de você já não se encontrar nesta terra não é justificativa para esquecê-la. Exatamente o contrário, é motivo para lembrá-la. Porque os homens, principalmente deste país, esquecem tudo muito rapidamente. E por tudo o que você criou no difícil fazer poético, necessário evocar, ainda que limitadamente aqui, o espírito da imensa sensibilidade que sempre marcou sua criação artística. Assim é que lembramos de um de seus poemas, Dê-me sua Mão.

"Dê-me sua mão e dançaremos; / dê-me sua mão e me amarás. / Como uma flor única seremos, / como uma flor, nada mais... / O mesmo verso cantaremos, / o mesmo passo dançarás. / Como uma espiga ondularemos, / como uma espiga, nada mais. / Te chamas Rosa e eu Esperança; / mas teu nome esquecerás, / porque seremos uma dança / na colina e nada mais..."

A dança da harmonia na colina da paz, minha cara Poeta, está sendo banida. No campo da filosofia discutia-se um conceito de não violência concebido como um pacifismo ético que rejeitaria a violência da guerra e da exclusão social. Mas isso certamente está sendo esquecido barbaramente. E você nos fala, como se estivesse expressando metaforicamente o sentido dessa nova ordem: "O vento faz em minha casa sua ronda de soluços / e de alaridos, e quebra, como um cristal, meu grito. / E na planura branca, do infinito horizonte, / vejo morrer intensos ocasos dolorosos. / A quem poderá chamar aquela que até aqui chegou / se mais longe do que ela somente foram os mortos?"

Parece, minha querida Poeta, que esta é uma época de um tempo de ódios, crivados por ensandecidas horas. E nada mais!

LEMBRANDO KLAUSS VIANNA

Um rapaz, muito jovem, vivia como uma nau sem rumo. O acaso, ou destino, criou uma perspectiva para aquela nau sem rumo: dançar! Assim, através do acaso, o jovem tornou-se aluno e amigo de Klauss Vianna, no mundo da arte. Klauss revelou ao jovem o corpo e a dança, idealismo e entusiasmo na busca da identidade corporal e da sensibilidade do espírito, para aprender a expressar o vocabulário do movimento em dança. Klauss ensinava a prática do querer intenso para estabelecer as determinações corporais e rítmicas que possibilitam ao homem construir uma arquitetura de esforços em função da beleza.

Conduzido por Klauss, o jovem tornou-se discípulo da música, musa dos deuses em dança, entregue a um destino, a uma premissa que no tempo assumia a canção do lume, no coração do espaço. Ou seja, força e leveza combinadas para converter o corpo em voo e trajetória, idealizando mais do que a beleza, mas um sentido, um momento, para ultrapassar o instante e fazer do corpo pura regência e intensidade da emoção. Não redutível à palavra.

Em cena, cumpria ao jovem dispor as linhas da simetria, dissipar o jugo das plateias, superar o medo das estreias. Cumpria, ainda, ao jovem, seguir à risca os mandamentos da memória, incitar a feitura das pernas pelo vórtice das formas, sem temer as tantas armadilhas dos andamentos musicais.

No que dizia respeito ao objetivo bailarino do jovem, ficava assente a idealização do ofício, que era o de se manter em peso, nos andaimes da leveza. Fazer dos músculos atributos na realização de giros e piruetas, afinação de facetas, cinzelamento de equilíbrios, guia de saltos e voos, garimpagem de aplausos. A identidade do bailarino era se dedicar ao implausível e compor, na órbita do silêncio, um inesquecível poema muscular. E, principalmente, saber o poder da perseverança. No florir da música, companheira e amante, cumpria ao jovem discernir o caminho da arte: uma prática para toda a existência. A esse propósito, Klauss escreveu um dia:

"Mais do que se exprimir através do movimento, a dança é um modo de existir e é também a realização da comunidade viva dos homens."

O jovem aprendeu, também, e principalmente, que em arte não existe o inalcançável.

OS ÚLTIMOS DIAS DO BAILARINO

Surgem, com as primeiras luzes da manhã, pequenas nesgas de azul no céu que se desdobra, invariavelmente cinza, sobre um sanatório inglês. A casa, isolada nas cercanias de Londres, tem uma atmosfera lúgubre e sombria. Essa casa abriga um cidadão ilustre, considerado gênio da dança: Vaslav Formich Nijinsky. O triste ambiente do sanatório envolve o velho bailarino de forma especialmente dolorosa, pois, coincidentemente, completam-se 23 anos, desde a sua última apresentação pública. Há 23 anos ele perambula perdido em torno de si mesmo, conduzido pelos fantasmas da insanidade invencível.

Nijinsky deseja sentir a primavera. E, com ela, fazer brotarem as cores e odores das xerófilas, flores típicas das longínquas estepes russas. Ele já não usa mais seus braços maestros para transformar-se no cristal do encantamento. Qualquer concepção gestual é válida, ou admissível, nas composições coreográficas. Mas sua mente bailarina descompassa-se pela regência de grotescos arroubos entre forma e movimento, nos momentos em que ele pretende mover-se em dança. Com o semblante fixo nas distâncias do nada, ele sonha com o esvoaçar dos longos cabelos de uma deusa, cujos olhos indicariam os caminhos para chegar a um lugar de onde ele nunca deveria ter saído.

Nijinsky escreveu na face do tempo a mais dinâmica liberdade do movimento. Dedicou, a cada hora de sua vida lúcida, à lapidação de uma dança de transfigurações sublimes. Prisioneiro da voragem do redemoinho da psicose maníaco-depressiva, ele cria poses diante do espelho, em que o viver decisivo de quem dança expõe cruamente todo o esforço físico que leva ao surpreendente salto bailarino. Mas esta manhã ele não dará o salto épico para arrebatar aplausos. Esta manhã, os deuses que o elegeram, e o condenaram, abrirão os céus para a glória. E eles serão amáveis como aqueles que sentem as cutiladas dolorosas e tristes do remorso e do arrependimento.

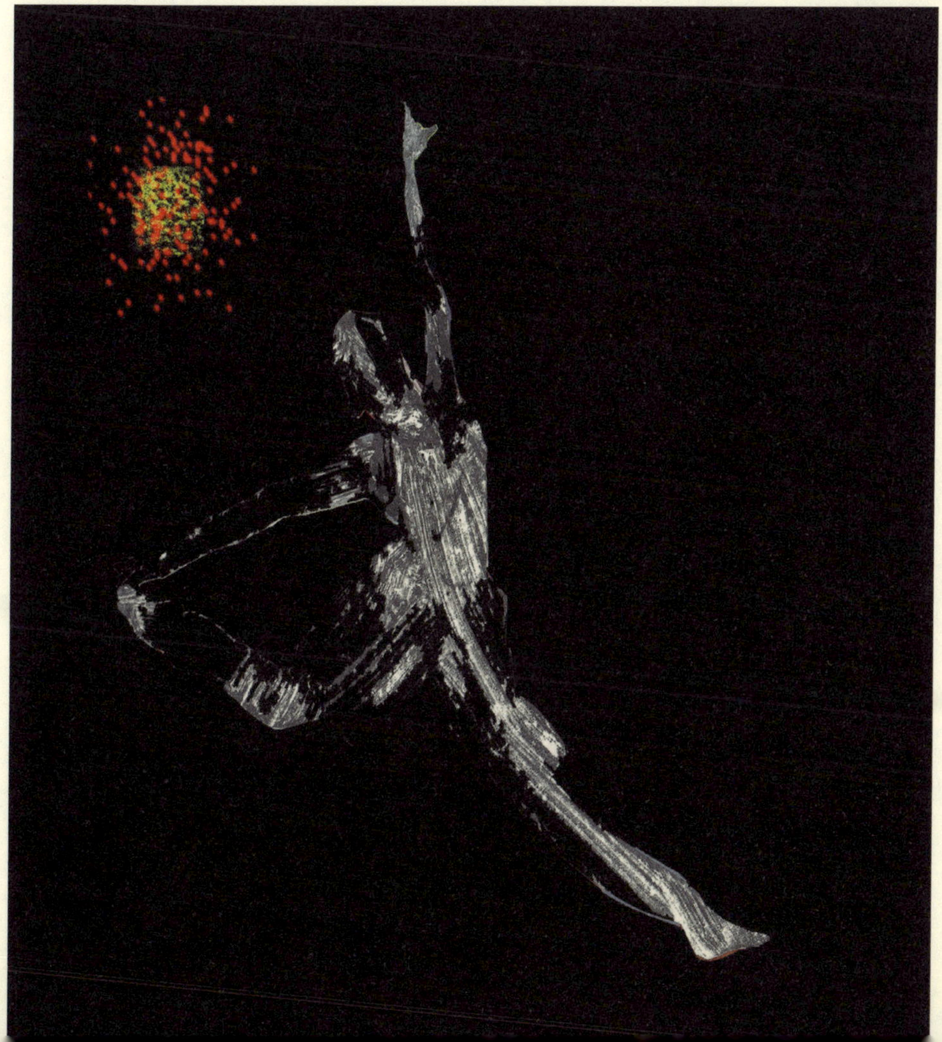

O QUADRO

"(...) faz chegar a nós, diante da tela fixa, o enigma puro, o puro enigma da flor torturada, da paisagem acutilada, revolvida e pressionada de todos os lados por seu pincel embriagado."
Antonin Artaud

Estamos envolvidos pela penumbra e pelo silêncio nas dependências de um grande museu. Estupefato, vejo-me diante de um quadro. Ele pintou, ninguém se importou. Percebo uma lágrima invisível escorrendo pela face esfaimada de amor, no rosto retratado. Sua maneira de ver e sentir o mundo revelava, sempre, a intensa entrega e dedicação a tudo o que fazia.

Ele tinha uma faculdade de sentir conduzida pelo delírio de apreender (leia-se pintar) o objeto, ou a cena contemplada, de forma irredutivelmente amorosa. Ou com um espírito extremamente fulminante, de modo a gerar e compor a representação pictórica em alta tensão, vulcânica mesmo. Cor e forma criadas através da tensa pauta de alucinações visuais, dolorosa sinfonia gráfica da percepção da vida. Ou do embate para suportar a vida. Certamente ele sofreu as piores decepções amorosas durante o curto tempo em que viveu.

A força e a expressividade da arte desse pintor ficará, para sempre, na memória de todos aqueles que estiveram diante desse quadro. Para sempre queimando, envolvendo definitivamente nossa assustada sensibilidade, ávida pela beleza que alguém, ungido e sacramentado pelo sopro divino, conseguiu elaborar um dia. Esse olhar que nos olha nos olhos, atravessando o recôncavo dos séculos e nos envolvendo com uma emoção indizível, é de Vincent Van Gogh. Olhar único, aqui e agora. Para sempre a essência da beleza, constelada de fulgurante genialidade.

PESSOAS

Quais são as pessoas que nos rodeiam, interpelam e passam, muitas vezes assustadora ou perigosamente, através de nossa vida? Quem são essas figuras com quem um dia (con)vivemos, e hoje não sabemos mais de seus paradeiros? Ou que papéis efetivamente relevantes elas tiveram em nossos caminhos, ou descaminhos. Quem e quais são elas que, insistimos, não conhecemos ou fingimos ignorar? Fazem elas parte de nossas buscas e preocupações, ou serão inevitáveis injunções do destino na lavoura de nossos dias?

Pessoas! Subitamente estamos escutando Maria Callas. Não somos mais pessoas que se estranham e se evitam. Somos irmãos, somos amigos, somos companheiros apenas escutando Maria Callas. Que é o maior exemplo, ou prova, do capricho divino, na santa terra em que vivemos. É quando, então, sentimos que podemos ser pessoas. E conviver com outras pessoas. Não obstante desconfiarmos que a cantora, muito provavelmente, nunca tenha sido uma pessoa. Mas uma Deusa! E sua missão no mundo foi nos apaziguar, através de sua música, ao nos fazer pessoas afeitas e sensíveis à magia do canto inigualável. Pessoas preocupadas com o culto do perceber e discernir nas pessoas algo de bom e louvável. E até mesmo a nos conduzir, em busca de nós mesmos, para encontrarmos um pouco daquilo que somos. Ou poderíamos ser. A memória é a voz da emoção.

V
PREFIGURAÇÕES

"A poesia está guardada nas palavras, é tudo o que eu sei."
Manoel de Barros

A VERDADE DAS ÁRVORES

Para Zezé Aum, em memória.

As árvores sonham. Com sua indiscutível altivez, as árvores, ao terem seus galhos e folhas agitados pelos ventos, sonham que são pássaros. Momentâneos pássaros que, diante do sol ou da lua, entregam-se ao improviso de acenos dançantes para auroras e crepúsculos. E o sol nos céus espreita, aplaude. O negrume aveludado da noite se agita e se joga sobre o espírito da árvore. Sujeita ao imprevisível vento, que provoca os verdes, brincando de movimento com a natureza. É quando se faz inesgotável o que sentimos pelo o que vemos. Não importa a hora do dia ou da noite. Mesmo envolta em ventos, a vida da árvore é estar sempre entregue à exaltação das flores, dos frutos, dos aromas e das sombras. A vontade das árvores é dominar os ventos. Indomáveis. A vontade dos ventos é subjugar as árvores. Imperturbáveis. E este é o dever do verbo: falar da árvore e seu destino de poesia.

[sobre foto de Alexandre Salles]

ERAM CINCO HORAS

Eram cinco horas da tarde quando Cipião Ruiz da Silva percebeu que as estrelas deixaram de existir. Eram cinco horas, nenhum som se escutava. Eram cinco horas quando Cipião constatou que o sol não mais existia, só o silêncio da cal e a imperturbável solidão da pedra persistiam. Eram cinco horas em ponto quando ele se encontrou com Ignacio Santos Mejias e soube e sentiu que não estava numa arena de touros. Estava absolutamente morto. Mas, mesmo morto, Cipião continuava recitando Federico, Federico Garcia Lorca. Poeta maior, poeta de Espanha.

LEOCÁDIO

Leocádio gostava de tocar violinos imaginários nos recantos da roça em que vivia estimulado pela solidão, sua grande amiga. Os céus se prolongavam por exigência das aves. Os cavalos nunca mancavam. Súbito, quando a vizinha partiu, fugindo dos empecilhos da felicidade, deixou galopar durante meses, nos prados da indocilidade, o longo e trôpego desconsolo das oportunidades perdidas. Atarraxado no rosto, o sofrimento dos loucos, resmungando furioso.

O que Leocádio queria ser jamais seria, mas o que não era, de tanto não ser, se fizera. E assim existia. Ficou só, para manter o esplendor do solo que irrigava com os salmos compostos pelo dono da lua cheia.

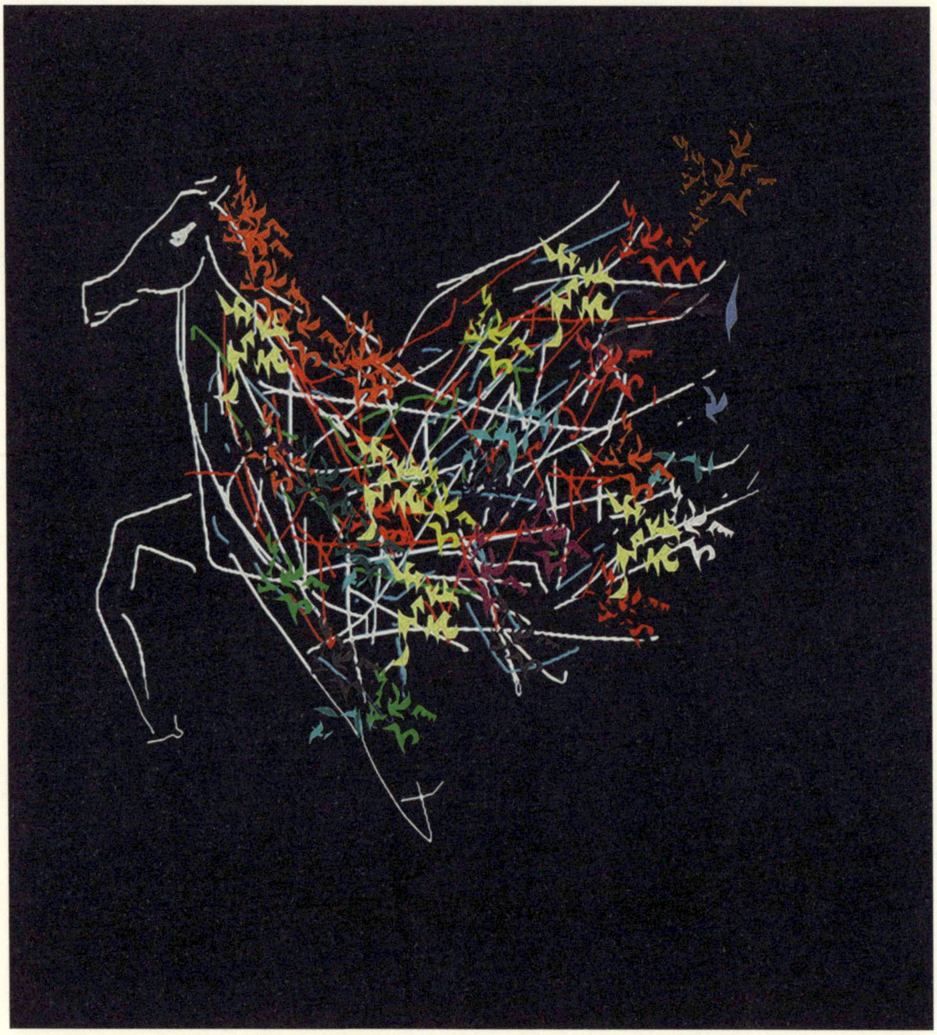

CALIXTO

No meio da madrugada, constelada pelo incontrolável, ressoou na memória de Calixto, como um desafio, a fala de Maria Rita Kehl:

"O desejo é um desejo de infinitos."

Conjugando tal assertiva, Calixto foi transformado, no ato, num belo garanhão disparado num incansável galope do cio.

NATÁLIA

Natália era uma bailarina talentosa. No meio competitivo dos corpos de baile em que se exibia, tinha como premissa em sua pauta de ritmos transformar hora e dia numa constelação de expressivos movimentos. Dialogar com a vida sem emaranhados perversos. Fazer das pernas e braços extraordinários instrumentos da arte dançante. Elaborar uma história de esforços com os fios que tecem o destino de uma experiência empolgante e libertadora. Domar as inevitáveis dores musculares e incendiar os dias com as superações do corpo. Transformar a dança em assombros através dos gestos mais simples.

E, principalmente, não deixar, nunca, os passos tropeçarem nas observações críticas, e se perderem nos caminhos que anulam os homens.

Poster de Valentin Serov (1909)
representando Ana Pavlova

ESTHER

Entre as crianças, Esther era a mais álacre. Entre as jovens, a mais sabida e disposta. Chegando na puberdade, sobressaía-se ao vaticinar sobre sexo, o caráter dos homens e a importância do cinema. Chegando à meia-idade, serena, Esther esbanjava certezas e, pelos fatos ocorridos em tragédia, jamais se entregou aos embalos da covardia e do pânico.

Junto aos mais velhos, seus contemporâneos, cultivou canteiros de viçosos e promissores futuros.

Vivia dizendo consigo mesma: "Não quero saber da velhice destruidora do sentir. E fazer. Eu sou. Ficarei." Quando todos partiram, Esther começou tudo outra vez. Desta feita incorporada numa frondosa paineira (Chorisia speciosa) reinando no principal parque da cidade. Suas tentaculares galhas floresciam durante quase todo o ano. Todos os anos.

ASPÁSIA

"Ninguém pode amar ou morrer em nosso lugar."
André Comte-Sponville

Aspásia dava tratos à bola, em frente ao espelho, olhar fixo no vazio, revirando os trapos dos dias idos, murmurando:

Esse precipitado ter sido, esse ter sido ao avesso do pretendido, esse ter chegado às margens do infinito e ter retornado, essa enganação existencial sobre os dias, essas andanças sem eira nem beira, esses arrependimentos tardios ao anoitecer serão maldades do destino, ou total ausência de sabedoria conspurcada pelo tempo nos labirintos da memória? Não quero tomar, possuir ou guardar nada. Apenas a sabedoria do sossego. Não quero possuir nem ser possuída. Apenas sossego!

EUFRÁSIO E AMPARO

Eufrásio herdou uma gleba de esperanças onde passou a semear sonetos de contentamento. Quando homens surgiram como emissários do medo e da ruindade, pretendendo disseminar a primazia do mal, ele e a mulher, Amparo, procuraram absorver a calma sabedoria das flores, a límpida independência dos ventos, o mágico fluir natural das luzes e a imperturbável paciência das pedras. Influenciados pelo amor que os girassóis dedicavam às noites de plenilúnio, fascinados pelas quimeras otimistas que sabiam existir nos mandamentos da existência, em que tudo pode acontecer, Eufrásio e Amparo começaram a praticar a grande fé do desejo para cada um deles encontrar a si próprio.

Ela transformou-se no riso franco da aurora. Ele, entre os espaventos das chuvas, em suprassumo trovão.

OLHAR E SER OLHADO

Pelos esforços de sobrevivência que praticamos dia a dia, fomos transformados em combatentes urbanos para enfrentarmos o violento mal escancarado nas ruas em que vivemos, ante os olhos caolhos, ou possivelmente cegos, dos deuses. Mas que, mesmo assim, deuses que fazem de você o espaço e, a mim, o tempo, cidade minha! Estranho tempo de olhar e ser olhado, pela mira do comprar ou ser comprado, nos balcões do capitalismo canibalesco triunfante. Tempo da moralidade escorraçada em todos os segmentos da sociedade dita moderna. Absolutamente moderna na feitura das guerras fratricidas, completamente moderna nos guetos urbanos, mais inchados e explosivos, a cada dia que passa. Assim, sou um tempo vazado por uma realidade que assusta e nada promete, nos termos do espaço, ou seja, da cidade paralisada pela doentia perda dos rumos: a boçalidade institucional! Cidade, processo irrefreável do emperramento das engrenagens sociais: cidade aberta para as agruras do extenuante e rude passar pelos caminhos cegos em relação à significação e importância dos fatos. E sou, principalmente, o tempo da "paralisia da vontade, da banalização da vida e da morte a que somos submetidos cotidianamente, criando um novo modelo cultural", como nos adverte o psicanalista Jurandir Freire Costa.

6728
GRÀCIES PER FACILITAR-ME LA SORTIDA
PROBABLEMENT DÉU NO EXISTEIX
DEIXA DE PREOCUPAR-TE I GAUDEIX LA VIDA
FERRARI
ELETRÔNICA
HELP Me
RELAX / ACOMPANHANTES
100%PAPO SENSUAL GRÁTIS
24h Só gatas 09117-7878-8890
AVENIDA ANTÔNIO CARLOS
Charles Chaplin

NICANOR

Nicanor fez de tudo profusa sacanagem: apregoou o servilismo aos poderosos, incentivou os risos da farsa, sujou os timbres da ópera. De hábito, aplaudia a velhacaria dos políticos, expulsava as andorinhas do espaço, cultivava a ideologia dos vendilhões da moralidade pública e das mentes daninhas. Viveu acatando mentiras, esconjurando os honestos, pregando a impunidade dos malfeitores e, repelindo boas maneiras, xingava a beleza da esperança por dias melhores. Discursando pela perenização da safadeza e constantemente remexendo lixeiras mentais, desconstruiu ideais humanistas, cegou-se aos direitos do próximo e acabou sendo transformado na balada brasílica da realidade espuriamente inconteste. Sua vida foi uma colagem de despautérios.

DANÇA DOS VERDES

Os verdes embriagam as árvores com os mistérios da terra para que os ramos e os galhos regidos pela volúpia dos ventos revelem todas as variações sinfônicas do sol. Os passarinhos adoram.

TICIANO

"Os homens não viveriam muito tempo em sociedade
se não enganassem uns aos outros."
Pascal, apud Todorov

Sem loucura aparente, Ticiano entregou-se ao improviso das brisas de um vaticínio, descortinando vésperas que antecedem ousadias.

Sentindo o olhar da companheira transbordante de afetos (emoção é o propósito da sensibilidade), compreendeu a excelência da premissa primeira em meio à miséria do mundo:

contrariando a todos, quando todos renunciam à razão, e a todos procuram enganar, restaurar os quadros da vida danificados pela humanidade inteira.

Ticiano era obcecado por transformar e ultrapassar a realidade.

EPÍLOGO

Os prédios da orla marítima ergueram-se angustiados, mais altos, aos céus. O horizonte, amarfanhado entre negras e truculentas nuvens, testemunhava o êxodo dos deuses para outras galáxias. Adão nada mais pensou, ou pôde fazer, pois a terra rolou pelo universo em definitivo fim, exaurida pelas traições do homem à condição humana.